zum niederschreiber:

geboren 1977 in sangalle, schwitzerland, noch
nicht gestorben; ewiger anglistik- und philoso-
phiestudent in züricity; seit 2000 mitglied des
vereins solarplexus und der redaktion der zeit-
schrift für junge literatur [nerv]; aktiv am gischpeln
im schweizer poetry slam; bereitet gerade ein
gesuch um politisches asyl in der antarktis vor

kontakt: etrit@solarplexus.ch

impressum:

august 2001

alle rechte verbleiben beim autor
-sie fühlen sich dort wohler

gestaltung: esther rüesch, st. gallen
herstellung: books on demand schweiz

ISBN 3-8311-2451-5

etrit hasler

wurzel-los

lyrik 1994-2000
in drei akten

journal, journal pure and white,
I'll break your purity tonight,
lead my pen all over you
and then I'll drop you when I'm through.

peter paneuropa

oder die verlorene heimat

Der Ort, der mich gebar
hat mich ausgespuckt
& ich bin an sechs Kontinenten
abgeprallt
weiss nicht
wo ich als nächstes landen werde
oder wann der Aufprall mich
zermatscht
(wie Mücke unter einem Blatt Gedicht),
weiss nur
dass ich auch dort
nicht mehr zuhause bin.

Ich wache auf
zwischen Heimat & Hölle,
im Schwerpunkt eines
Dreiecks der Familien
(& wenn F = - F' ,
dann frag' ich mich
wohin du mich als
nächstes ziehst),
zwischen Kaffeezittern
& Zuckerschüben,
eingewickelt in die
Handtücher eines
Eliteklubs, der sich
Reichsein nennt
(Frühstück bis 10 Uhr
& für Ehrlichkeit
gibt's Hausverbot)

- einmal schweben
zweimal schweben
ausgespuckt -

Da ist ein kurzer Stich
im Nacken, als mich der
Fernseher mit schwerem
Bass in die Realität
zurückholt (Tatsache,
Porno läuft auch
schon vor acht Uhr
morgens) &
für einen Moment will
ich nichts mehr, als
mich in diesem Traum
verlieren (& wer
will kein Gladiator sein,
wenn wir doch
schon alle tot sind?),

doch da bleibt nichts,
wo Nichts ist.
- fürchtest du dich
vor der Zukunft, wenn
die Jugend zu bröckeln
beginnt? -

Keine Chance. Ich lebe.
Ich stehe. Ich kämpfe.
Vielleicht beuge ich
mehr als früher, dafür
brech' ich nicht so häufig.

nachhall einer flachen nacht
ewig schwingt das schlechte gewissen mit
beim pinkeln zittert dann der strahl
eigenwillig geh ich slalom weiter &
niemand da der die welle mitreitet niemand
geht mit der mit muss in die
ewigkeit sitze da &
rauche das geschehene zu
äschernen träumen bringe die vergangenheit
um mich ich ziehe mich aus dem muster das nun
seicht an mir vorüberschwingt in vorwärtigem
chaos & schlage um mich atme um
hilfe halt & sauerstoff doch doch

eine neue nacht schwingt sich auf mich zu

Muss wohl so ein Ding
des 21. Jahrhunderts sein,
in Flughäfen, Hochschulen
& andern Wartesälen
aufzuwachsen. Leider
bemerkst du erst, dass
du kein Zuhause mehr hast,
wenn du deine Heimat in
Einzelbuchstaben über die
sieben seichten Meere
verstreut hast (& da
hilft auch kein Infix,
die See-le wieder zu Samen
zu kleben). Da geht dir
plötzlich ein Licht auf am
Ende der stählernen Flügel,
die sich aus deinen Schulter-
blättern brechen: Die Erde
ist so klein geworden & sogar
Eskimos sind Nachbarn, je
nachdem wie du dich schlafen
legst. Witzig, nicht?

& trotzdem soll es noch
Dinger geben, deren selbst-
korrigiertes Augenlicht es
einfach nicht schafft, sich
über den Zaun ihres
Schreberländchens zu erheben
& zu fliegen

Da ist es wieder,
dieses erste Schmecken
einer Stadt so vertraut
wie die Frau, die dich
zum mann machte
(nicht, dass das für
irgendetwas steht).
Du atmest ein, stockst

kurz & wartest auf den
Rückschlag, dann schreien
Hals & Lunge in vertrautem
Notenspiel zu den
Sphärenklängen einer Inter-
nacht.
Ah

          msterdam tut so
     gut.

Die Strassen sind leergefegt,
der Platzwischer in Armeehosen
kennt keine Gnade & selbst
Schmetterlinge landen im
Aschenbecher, nur die Einsamen
sind auf der Pirsch an den Brunnen
vergangener Grösse, von der
Mittelsonne niedergestampft
& marginalisiert in staubigen
Bars, wo sich sonst nur die
Alten & Fetten niederlassen.

Tief begraben unter dem schweren
Atem der Stadt, die Hoffnung auf
Tod schon lange aufgegeben hat,
schläft das Erbe eines Imperiums
& zuckt nur ab & zu, wenn es von
grün bewachsenen Hügeln träumt.

Wenn dann die Liebe so vorbeiflattert
im Frühling, wenn die Pollen zur
Jagd blasen &'s dem Herz eng
wird, braucht meiner einer einen
Busen, sich daran einzukuscheln.

Ein Küsschen auf die Stirn, zwischen
Wolkenkratzern & Abwasser-
stalagmiten schwebt ein Blütenblatt,
die Geschmacksnerven verpuppen sich
zu Mandarinchen, jetzt ist es Zeit,
zu schlafen (doch Füsse erst hoch-
klappen, wenn dich das Taxi
abgeladen). Wir falten uns wie
ein Kebap, zählen die Rippchen,
die über gebeizte Zäune springen

& baden uns im Regenschweiss
gesund. Zeit zu träumen,
zu schweben in der Welt der
Pheromone, eingerollt in den
weichen Teig dieses Leuchtkuchens.

Die Welt ist grau &
draussen, in starrer, nicht ab-
reissender Bewegung
ertränkt.

Auf der anderen Seite der
Murmel wartet der volle
Mond auf ein Zeichen, das
nicht kommen darf.

Du setzt dich auf ein weiches
Nirgendwo, im Überall schwebend,
& aus der unerträglichen Tiefe
des Vergangenen steigt ein

Gefühl wie warme Milch,
so lange schon vergessen &
beinah abgeschrieben.

Das kann doch nur
Liebe sein.

Der Kreis schliesst sich
in einem grantigen Morgen
an einem ostigen Bahnhof,

& alles ist wieder so,
wie es gewesen ist,
wie es sein muss.

Die Fürstin regiert
& auch der Narr
stolpert wieder weiter,

dem nächsten Kreis entgegen,
& beide sind sie wieder
allein.

Schön war's,
denn es war und ist
nicht mehr,

& nur was irgendwann
vergeht
ist wert, dass es

entsteht.

Irgendwann holt dich das Leben ein:
Steig in so viele Flugzeuge wie
du willst, flücht' dich aufs Internet
& verkriech' dich in einem Loch
aus cut & copy Träumen, dröhn'
dir die Birne voll (der Drogen
hat's genug & nur was illegal,
ist wirklich cool), ertränk deine
Sorgen in Überstunden oder
schmied dir deine Ketten im
Keller einer Hochzeit - Eines Tages
klopft sie dir auf die Schulter &
fragt dich frech, wie's denn
so geht (& wundere dich nicht,
wenn da plötzlich keine Antwort
sitzt, denn immer kannst auch
du nicht über's Wetter plappern).

Was tust du dann?

Plötzlich ist es Zeit dann, die
Bravo-Poster vom Spiegel
abzuhängen & dem Teufel
in die geschlitzte Pupille zu
blicken. Plötzlich bröckelt
dann das Make-up ab, die
Maske fällt zu Boden &
zerbricht & alles, was noch
übrig, ist plötzlich nicht mehr
Du & sogar die alles ent-
scheidende Frage "& was
dann?" zerfällt sich in
graue Flocken, die sich
über die Ebene des Draussen
in Federdecken legen.
Vielleicht bist du dann noch ein
letztes Zucken wert, ein kleines
Tröpfchen Aufmüpfigkeit, einen
Schrei in die sternenlose Nacht:

"Ich will doch noch so viel mehr!" &
vielleicht bemerkst du dann sogar,
dass Leben mehr ist als Armani
rauchen und im Hugosessel sitzen,
vielleicht schaffst du den Sprung
sogar & schwörst ihr, dass beim
nächsten Mal alles ganz anders wird.

Schade eigentlich, dass deine
Einsicht immer so viel später
kommt als ihre.

Leute strömen aus den Unterführungen,
Kanalisationsschächten & Zivilschutzbunkern,
sich dem Kampf gegen das Licht zu
stellen. Pärchen sitzen als Dekoration in
herausgeputzten Cafés, die Altkiffer
philosophieren in den Weihern & sogar
Politessen freuen sich an ihrem Tag.

Ein Taxi gibt sich selbst die Sporen,
springt auf alle Viere (Komm schon,
machen wir's wie Tiere) & kommt
davon, der letzte Fussgänger übt surfen
an der Bahnhofstreppe & hinten
kippt das Alter in die Büsche. Die
Sportjacken wippen beim Gehen &
auch sonst ist das Leben ausnahmsweise
motiviert (sogar dem Tagblatt fallen wieder
Geschichten ein).

Dem über dir fällt die Sohle ab, was
tust du?

Rückst du nach & erhängst dich in
der krumm geschwungenen Kurve
einer abgeschriebenen Murmelwelt?
Ersäufst du dich in einem zweihundert
Kanäle starken Silbersee des Suchens
& lässt dich dabei Stück um Stück zurück?
Wirst du ein Mann, verteidigst du dein
Land, wirst glücklich in der Halle 7 &
erbst die Krankheit an die Kinder weiter?

Ist es das wert?

Schöner ist's doch da zu schweben,
zu lieben, wenn du lieben willst &
keinen an dir drücken lassen. Ein
bisschen Rhythmus, eine Droge
oder zwei nach Wahl (gib ein Lächeln
in die Runde; Glück sei ansteckend,
haben Wissenschaftler bewiesen) &
stütz dein Hirn, die Wolken zu
besteigen,

doch sicher gibt's dagegen ein Gesetz.
Was soll's, nur Gedanken sind frei.

How many Vodkas
does a poet need
before the pen
starts throwing up?

One too many,
because anything less
will just not be
enough.

How many punches
to the nose
does a poet need
before the pen
starts throwing up?

One too many,
because anything less
will just not be
enough.

How much Death
does a poet need
before he finally
starts throwing up?

Enough,
because one
will just be
one too many,

and sometimes
I sit
and wish
for a world without
poets.

Als ich heute morgen erwachte,
war ich erleichtert,
dass ich das Bett kannte.
Ich wischte mir das süsse Blut
deiner Lippen von Kinn und Nippeln
& schwemmte den vanillen Geruch
deines Schweisses von den Händen.
Ich dachte, das würde reichen.

Doch als ich zu atmen begann,
war das Echo deiner Haut
noch in meinen Händen,
& in meinem Schädel hämmerte
ein gebrochenes Versprechen
für meine heissgeliebte Hure.

zeckenförmige Oma mit Blunt in Ekstase selig
zwei in einem Hochgefühl , neblig
Darwin & Ranicki chlönen herbal
am Morgen seufzen tausend Eremiten rostend daneben
arbeitslose Mütter
feiern Ramadan einmal innig
frönen eigenartigen Tanzkult Traditionen
&, nackt die
Fingerspitze üben grausam sandige Aphorismen morgens

The sun sends red rays flashing
through my eyes,
down into my soul,
while I prepare myself
for battle.
My sword trembles in my grasp,
eager to cut through skin
to spill the words onto the page.
My shield reflects the untainted rays
while it waits to serve its master
to the death.

Responding to my call,
the Hydra approaches,
watching me with hungry eyes.
Its fangs mock my armor
as they lash out and penetrate
the essence of my will.
My pain pleases its greed,
but I refuse to surrender
to the doubts reverberating in my head.
I wipe them away
& thrust my sword
into the stone heart.
The Hydra roars from the depths
of a thousand throats,
as its wound pours pulsing
thoughts into my mind,
healing the injuries.

It retreats once again, leaving me
in fields of inspiration
to harvest the fruits.

Sommer, grün wie Quellwasser,
flutet durch die Strassen ostwärts,
gelassen beleuchtet von Metallschlangen.
Schatten schweben wieder durch
die Nacht, stolpern im T-shirt
über Müllsäcke & tanzen
auf den Mauern, die das ICH
zerschützen. Schnell ist das
Surfbrett abgestaubt & auf die
Wellen aufgesprungen.
                              - Na?
Wie fühlt sich das an?

(Du staunst in Schweigen) -

Endlich kann geschehen,
was schon lange überfällig war,
endlich fliegen Steine wieder
in die Fenster (erstens werden
Mauern lichter & drittens sehen
wir wieder klar, dass zu zweit
die Reibung spannender), endlich
ist der Mut zurück, die Väter
der Ideen vor die Tür zu setzen,
endlich schmeckt das Leben
wieder nach Wein und Körper
nach unabgekühlten Geschlechtern,
endlich lässt Gott die Hosen
herunter - Pack den Gürtel aus,
die Welt ist unser, von
Abakus bis Zypern, & alles,

was immer noch schlecht, ist
unser Fehler (Nur das Nichts
kann uns noch stoppen)

Stufe um Leiter torkle ich weiter in die Nacht,
spiralförmig bedacht, der Schlange entlang zu traben,
deren Zähne am Zentrum der Hölle nagen.

Traumtrunken torkle ich, falle, beinah knalle
mit dem Kiefer gegen den Asphalt
(& der Boden der Nacht ist kalt),

fange mich, bevor das Herz auskippt,
fange den Schmerz und fange das Gesicht,
das seine Ehre in die leeren Gläser weint.

Es scheint, als sei die ganze Welt verloren
dem, der sie zulange hält. - Was nun, wohin,
wer sagt mir, wer ich bin? -

Verpasste Möglichkeiten ziehen magisch
in deinen Sehnen, dehnen tragisch tropfend
deinen Himmel, zittern kurz & wittern:

Ungerechtigkeiten schmücken die Nacht
& du lachst mit Tränen über die Sterne,
die Alten, die wir vergessen zu erwähnen,

die leise vergehen auf ihrer Reise ohne
innehalten. - Ein Mann hält inne nicht.
Ein Mann, der hält nur inne, wenn er bricht. -

Da fliegt eine Öffnung, ein Vielleicht
an deinem Mund vorbei, das,
wenn erreicht, die Welt erflachen liesse.

Du setzt den Samen an die Luft, auf
dass er spriesse, auf dass er setze seinen
Duft als Zeichen für die nächsten Kinder

(& doch, bald ist es wieder Winter). Du
zuckst, das ist ein Zeichen & die Augen leuchten
schneller, heller als die Fernsehsatelliten,

ehrlich & wahr. Du setzt dich an die Bar
& bestellst. Wunderst du dich, wenn das,
was du erhältst, ein wenig anders ist,

ein wenig draussen? Du versuchst, dich in
Small-talk zu verlaufen, doch manchmal
sind sogar die Nutten ehrlich.

- Sag mir, wo kommst du her?
Ist das Leben dort auch
leer? -

Sterben ist auch dort beschwerlich, wo
Scherben dir den Weg leiten & manchmal
hast du's nötig, dich zu streiten, denn

manchmal tut das Schweigen weh, wenn
ich dich seh, so ohne Mut, & sonst läuft
das Leben auch nur weiter (Tritt um Leiter).

- Pause, um das Herz ins Eck zu stellen
& Entscheidungen zu fällen -

Nehm ich dich jetzt zu mir, fürchterlich
schön, so wie du bist? Leg ich dich in
mein Bett & schlaf mit dir die Nächte weg?

Pack ich dich in Papier & stell dich untern
Weihnachtsbaum & frag mich nächstes Jahr,
was es wohl sei? Ist es wohl einerlei?

- Vorbei, verloren & verzerrt steh ich in mein
Gefühl gesperrt & einmal nur, dies eine Mal
nur wünsch ich mir, banal, so wie es ist,

dass sich die Wege zu mir biegen.

- & wirst du morgen bei mir liegen?

„I have waited for you
for so long," she says,
taking my hand into hers.

Finally, I've lost at
the game of up and down
on such a small board,

(How many times I wished)
but as her hand moves
to withdraw the curtain,

I hesitate.
I hear thunder and lightning
& a sea of blood,

but I am too afraid
to look and take the step.
„And now?" I ask.

She looks me in the eye
and smiles the oldest smile.
„Now is when you will
find out."

Seht das rote Blatt,
der Herbstwind hat's vom Baum gepflückt
& trägt es in verworrenen Parabeln
dem Verrotten entgegen.

Seht das rote Blatt,
der Herbstwind hat es hingelegt,
jetzt liegt es auf der kalten Erde
& schläft.

Seht das rote Blatt,
es leuchtet hell vor Glück,
denn es hat seine Aufgabe erfüllt.

Und irgendwo sitzt ein Dichter
und wird an den Tod gedacht.

Vielleicht lernt auch er einmal

Vier Uhr morgens. Noch ist
der Aschenbecher leer, doch kaum
formen sich die Sorgen zum ersten
Zungenbrecher, füllst du dieses
Loch mit Narben. Manchmal
scheinen dir die Farben fremd,
wie blonde Postboten, oder
die Atemzüge, die James Bond
dir einst verboten, & trotzdem
fühlt sich's an wie dein Zuhause.

Der Kaffee schmeckt noch schaler
als die Themse & jeder Versuch,
die Berg & Tal Bahn in deinem Kopf
einäugig zu bremsen, schlägt bitter
fehl. Blind gläubig stürzt du ab,
begrüsst den Tag mit Eierfürzen,
& wunderst dich, wenn niemand
mit dir plaudert. Versuch's doch
mal mit Duschgel - Mc Clean
am Bahnhof Zürich -, vielleicht
bringt auch Mehlsuppe den
schaudernden Geruch zum
ersticken! Ein Amazonastischtuch,
gelb-grüner Fluch, springt dich an
& will jetzt ficken. Ist das jetzt
ein Hexenspruch oder hat dich
bloss der Wahnsinn in den Dreck
gestellt? Vielleicht gefällt es dir
sogar, wer weiss, denn so ein
kleines Überdrehen des Verstandes
kann ganz nett sein (ausser Landes,
selbstverständlich, wo dich niemand
kennt) & wir seh'n dann ja,
wo du dich wieder in die Büsche
führst. Doch - Spürst du noch,
wenn sich die Einsamkeit ganz
klein & unscharf in dein Bein
verbeisst? Zerrreisst es dich denn
nicht, wenn wieder & noch einmal

du nicht kriegst die Lieder, deren
du bedarfst? - Genug! Du schwingst
dich auf die Schuhe & läufst
davon, immer auf der Suche
nach der Ruhe, mit der, wenn
du gefunden, dich zu Tode ringen
darfst. & Tschüss! Ich wünsch'
dir eine gute Reise & viel Mut.
Ich nehme meinen Hut & drück
den Abschiedsgruss im
Aschenbecher aus.

Nachts, wenn die Stille
leichtbeflügelt durch die Strassen
rennt & die Träumer aus
ihren Löchern in diese Welt
zurückkriechen, sind die Schatten
künstlich wie Gesichter, retouchiert
& ausgeleuchtet, und nur der
gelbe Rauch, der an rasiermes
serscharfen Ecken klebt, strahlt
noch ein bisschen Wärme in den
äschernen Schnee.

Da ist Zeit in der Langsamkeit
dieser einfrierenden Winternacht
& in den warmen Gefängnissen, wo
wir uns verstecken vor der Angst,
ängstlich zu sein, brütet Einheit auf
uns und wartet auf den Tag, da wir
unsere Hälse wieder nach den Sonnen-
würmern strecken.

- Die Zeit vergeht
Vergangenheit besteht
Bestand verdreht
Kopfschmerz entsteht -

Ein Klümpchen Nichts schwingt
sich aus den Gittern dieser Kanäle,
um sich das alles zu holen, und wer
könnte es ihm übel nehmen, wenn
die Tage so kurz sind & der Tod
übermorgen? Und lohnt es sich denn
nicht? Ist da denn nicht noch
allerlei?
        - Vorbei, wenn du schläfst,
wenn du nicht schläfst, vorbei wie
die Berliner Mauer & eingetrocknete
Kussmünder auf Telefonpapier, vorbei
wie die Nacht im letzten Zugabteil,
Endstation Hoffnung

Crickets and dogs
and cats and geckos
compete to drive out
the silence of the sky,
the cocks are crowing
at half past midnight
(damn, are they dumb),
and I hope
to eat chicken tomorrow.

The sky is absolutely clear,
but I don't recognize it
(Give me back the stars
you can see tonight!),
the mosquitoes are
skinning me alive.

I am alone.
I throw away
a pack of vices
and hope to start
a new life.

It's just one of those moments
when you're falling off a chair
in love
that you realize

that happiness is just
a free fall

away

kristian herzschmerz

oder das verlorene herz

Und ich glaube, dass Glück existiert, auch
wenn wir nur zu gerne zu feige sind, der
Liebe entgegenzutreten oder -blicken,
doch ich fürchte mich vor den Mauern und dem
wahr, dass sie verbergen, denn was
wäre, wenn das draussen dich nicht so liebt wie ich
?

Ich sitze auf einem Stein
und warte
auf den blutigen Tod der Sonnne,
während ich die ruhelosen Wünsche des Herzens
niederprügle.
Sie stehen wieder auf.

Ich liege in meinem Bett
und warte
auf das Erwachen des Traumes,
während ich die quälenden Fragen der Wirklichkeit
übertöne.
Sie schreien lauter.
Ich stehe im Leben
und tanze nackt auf dem schmalen Grat
zwischen gut und schlechter

und warte
und fühle,
wie das Grau mit haarigen Beinen
an mir hinaufkriecht.
Es ist schon näher.

Ich gehe weiter
und suche
dich.

Im Schreine deines Herzens will ich beten,
wenn mich kein and'rer Gott mehr hört,
und deine Kommunion mir einverleiben,
bis süchtig werde ich von dir;
in deinem süssen Weine mich verlieren,
und wärmen mich an deinem Brot.

Vor deinem Throne will ich niederfallen,
bis Blut den Boden rot getränkt,
niemals mein Auge heben, hochzublicken,
um nicht zu seh'n, dass du wie ich.

Auf deinen Altar werde ich mich legen,
um hinzugeben meinen Geist,
davon sollst du dir nehmen, was du willst,
und rotten lassen, was nichts nützt;
dann schaffe davon einen Stern am Himmel,
den Schlüssel für das Tor zur Hölle.

All meine Sünden will ich vor dir beichten,
bis du vor Gotteslosigkeit
mich niederstreckst mit deiner Augen Blitze,
zu enden diese Quälerei.

Doch bitten will ich dich um eine Sache:
Lass liegen mich in meiner Asche,
auf dass mich deine Winde fein zerstreuen,
in deiner Schöpfung still zu ruhn
irgendwo...

In diesem schweissnassen Labyrinth will ich enden
      mein Rücken von seidenen Fingern aufgeschlitzt,
      mein Hals von heissen Lippen zerfleischt,
      meine Brust von Schlangenhaut eingedrückt,
dem sicheren Tod der Liebe
zuvorgekommen.

Wickel mich ein in dein Leichentuch aus Träumen
      nur in deinen Gedanken soll ich weiterleben,
      durch dein Hirn und Herz spuken,
      ein Geist in der zarten Maschine,
      bis dir das Zucken in den Eingeweiden lästig wird
und du mich vergisst und
ich mich verliere
im endlosen, sinnlosen

Komm Mädchen, lass mich
herein und nimm mich
in den Arm. Draussen ist
es kalt und vom
Rauchen gefrieren die
Extremitäten. Leg dich
zu mir und dann
träumen wir von einer schönen
Welt, die ich als Kind
kannte, wo es noch Luft
gibt und Gerechtigkeit
und Menschen, die noch
lieben können,
und einen Gott

Wieder stehe ich hier
unter diesen Bergen.
Der violette Sonnenuntergang
übergibt mich der Nacht,
übergibt mich dem Alleinsein
mit den Sternen
(doch Sterne
sind Vergangenheit
und manchmal
sticht es mich,
dass es vorbei ist).

Die Berge
verglühen bis zur Spitze,
danach glühen
nur noch beheizte Stuben
und Herzen
(doch Wärme ist trügerisch,
denn die Kälte
kehrt zurück,
und manchmal
beisst mich
die Vergänglichkeit)

Die Blätter haben
zum letzten Mal
ihr Abendkleid übergestreift,
morgen beginnt der Winter.

Ich möchte lachen,
denn Winter ist Tod
und Tod ist Schlaf
und manchmal
macht es mich
glücklich,
dass auch wir
von Zeit zu Zeit
schlafen können.

Als ich meine erste
Sternschnuppe sah,
wünschte ich mir,
du würdest zu mir gehören.

Ich vergass,
dass Sternschnuppen
nur Sternschnuppen sind,
und keine Fesseln
oder Liebeselixiere.

Jahre sind vergangen,
ich habe viele Sterne
fallen sehen
seit jener Nacht
in den glühenden Bergen.

Und doch ist der Himmel noch voll davon.

Wenn der letzte Stern
zur Erde fällt,
und der Himmel
ewig dunkel bleibt,
werde ich das Licht fangen
und begraben,

in einem Sarg
aus Träumen
von dir

Der Winter hat uns zugedeckt,
die Büsche atmen schwer,
die Bäume stehen nackig da,
Leichenflocken zittern
auf einem grauen, schweren Wind.
Die Sonne schläft und weint
und friert und ich, ich wünsch mich nur
in deine zarten Arme.

Ich suche mich in
kleinsten Teilchen von
dir, im Raum verstreut
in Dreiecken von Liebe und
Angst.

Ein Stück Seide,
in deine Haut auf
ein Kissen gekleidet,
soll meinem schweren
Kopf als Heimat dienen,

ein Stück Alter,
grau wie dein schlafendes
Auge, starrt mich von
verstaubten Vorhängen
richtend an,

ein Stück Stimme,
sanft wie deine
Schüchternheit, schwebt
durch den Fernseher
und schweigt,

und vielleicht sollte ich
nur schlafen und dann
verschwände alles, doch
ich bin so müde, dass
mir die Augen offen
fallen und ich

keine andere Wahl mehr
habe, als die Teilchen wieder
aufzusammeln und -zusetzen,
nur um mich wieder zu
zerschlagen,

bis wir des Spiels
überdrüssig

Die Nächte werden länger
mit dem Grau in deinen
Augen und dem Klang von
berstenden Mauersteinen und

die Umklammerungen
enger, wenn die Steine
auf Kommando fallen
und nur die Lippen
suchen die kalte Einsamkeit.

Doch auch kleine
Lieben brauchen Mut
- besonders nach dem
elften Schritt -, sonst
öffnet die Durchsichtigkeit
neue Wunden und
Wirren

und hinterlässt uns
einsam, weise und

trauernd.

Die Wellen brechen im Rhythmus
deines Herz-schlags und ich
presse mein Ohr an deine Brust,
um dem Atmen der Nacht zuzuhören

Sterne fallen mit korgasmischer
Lust ins Meer, wo der Yin/
Yang Mond eine Kussfläche
am Horizont ausleuchtet

Ich poche gegen die Mauern
deines Blutes und möchte dich
niederreissen vor Wut auf die
Angst vor dem Glücklichsein

und ich blicke auf. In deinen
Augen geht die Sonne auf
und ich lerne, dass Liebe

alle Zeit der Welt nimmt

Liebe ist kurz
und Lippen traurig
und du hörst die
Geborgenheit vorbei-
ticken, während du
dich in Brüsten und
Beinen vergräbst.

Du weisst, dass die
Angst bald zurückbeisst
- wie die Flut - und
streichelst noch ein letztes
Mal seidene Arme, die sich
gleich wieder in Mauern
zurück-puppen.

- Noch ein Kuss
Nicht? Egal -
& dann stösst sie dich
in die Welt zurück.
Auf ein
Neues.

Eine Note von dir
hängt in meiner Luft,
dauernd unüberriechbar
und penetrant schüchtern,
wie eine Zungenspitze,
bevor sie sich ins seidene
Band deines Nackens
stürzt, rosig grau, sandig
warm und feucht.

Heimlich schleicht sie um
zitternde Zehen, ringelt sich
an reibenden Schenkeln hoch
(und für einen Atemzug
vergräbt sie sich im Nabel
und ich kitzle, doch noch
bin ich nicht soweit), kriecht
ledrig den Rücken hinauf,
sticht kurz lauernd ins
Schulterblatt, bevor sie sich
ohne Halt in meine willigen
Nasenlöcher zwängt.

Ich atme dich ein und
halte dich fest (und
hoffe, dass du dich
mit den schwarzen
Narben verträgst)
und ich halte,

und während Sterne
in meine Gesichter fallen,
verstehe ich,
und vielleicht werden wir
uns nie näher sein, doch
das werden ist unwichtig,
denn nur das sein ist

- te quiero
gracias
de nada
no, de muj -

und Ausatmen

Ich sammle meine Gedanken
in verzerrten Pyramiden in den
Ecken eines kahlen Seelenzimmers
und entsende sie in die Nacht.

Es ist kalt da draussen und
einsam und ich frage mich
ob du frierst, dann

fange ich dir einen Traum ein,
jenseits des Schnees (auf die
Gefahr hin, dass du mich dort
nicht mehr liebst), orange, feucht
und so voll, dass du nie mehr
erwachen willst und hoffe

insgeheim, dass du mir wenigstens
eine Postkarte schickst, die Briefmarke
noch feucht vom tropischen Schweiss -

Ich denk an dich
deine Schneeengelkönigin
im Paradies

Du bist weg von mir. Ich warte weit
ein Zeichen aus dem Land wo Träume Orte
gebären, auf ein Stück der Ewigkeit.

Da ist ein Tod. Sie lauert auf den Wegen
des Gefühls & stürzt sich auf die Worte,
welche alte Wunden deckend pflegen.

Vielleicht muss es so sein, Ich mach mich klein.
Ich lass das Schicksal oben weiter spriessen
und trotzdem lass ich mich auf dich wohl ein,
sobald die Wasser wieder aufwärts fliessen.

Manchmal frag ich mich wohin die Liebe
uns noch führt. Schon wieder liegt sie hinter,
wie Sintflut und der Tod, doch neue Triebe
sind uns schneller eins als Finger im Winter.

Mit leisen Ausrutschern
falle ich in diese Nacht
voll teurem Abenteuer,
immer kurz davor,
auch noch das letzte
Weinglas Wahrheit
umzustossen, in dem sich
die Antwort auf "Und was
nun?" versteckt.
Der Mund öffnet sich,
das Kartenhaus Sprache
bricht zusammen, und
wo Worte sein sollten,
folgen nur Küsse und
ein Hauch Du auf meiner
Zunge, die im Tarnanzug
aus fleischigem Rosa
für die Möglichkeit kämpft
und in den Feuerpausen
mit der Liebe Strippoker spielt.

- Was nun, was nun?
Halt die Klappe und
schau zu -

Die Einsätze sind hoch,
plötzlich, ohne dass wir
die Regeln des Spiels
auswendig gelernt haben:
Ein Finger tippt fragend
an deine Schultern, die
sich niemals gleichmässig
erhärten und du zuckst die
Antwort durch alle Glieder.
Eine Hand, die nicht mehr
zu dir gehört (trotzdem
dein einziges Fenster nach
draussen, wenn deine Augen
dem durchstossenden Blick
nicht mehr standhalten) legt
deine Karten offen und

während du überlegst,
wie du jetzt die Kontrolle
behältst,
 - verloren,
was nun?

Der Moment geschieht,
bevor du ihn verhindern
kannst, der Tisch wird
leergefegt & du streichst
deinen weichen Rücken
mit Rasierklingen unter
meine rauhen Finger,
(und rauhe Haut reisst
leicht zu neuen Wunden,
wenn du nur um Schönheit
spielst). Ich lege mich warm
zu dir und warte, dass die
Sterne uns begraben, denn
alles, was fällt, ist noch
über uns,

doch was nun?

Sobald meine Lippen
das Sprechen wieder
erlernt haben, schwöre
ich, dass ich mein Schicksal
akzeptiere, solange ein

WIR

(Auch wenn es vielleicht
nur Lippen und Zungen ist)
das Vergessen überlebt
und umarme den erleuchteten
Morgen blutig, arm

                 - glücklich

Gib acht, schnell lacht
die Liebe sich an dir vorbei
und schiebt dich dreckig
in die Ecke ab.

Am Anfang ist das Feuer,
und hättest du gewusst, wie
sehr die Haut dich brennt
danach, so hättest du's
vielleicht gelassen - Nicht zu
fassen, wie schnell der Schlaf
zum Traume übergeht, wie
niemand die Lippen versteht
bevor sie küssen - und hätten
Beide wirklich leiden müssen?

Gib acht, gib acht,
so schnell ist der Moment
zerlacht.

Du wagst dich einen Schritt zurück,
nur um den Beginn des nächsten
Tages mit zehn Sätzen zu verzieren.
Mutig hetzst du ihm entgegen, nur
um dich bis auf weiteres noch darin
zu verlieren, doch spätestens, wenn
dir die Knie schwach vom Beten
für Panama, brauchst du wieder
Mauern um zu vergessen, dass auch
gestern noch die Liebe lauert - und wieviel
gestern brauchst du, um das Morgen
zu verbessern?

Gib acht in den Ecken
wo Gefühle sich verstecken,
bevor du zwischen Stühle fällst

Ich frag dich, was du willst
und küsse deinen Mund, bis die
Antwort klar und schaumig
überquillt - Lass uns lassen,

lass uns träumen von Sommer,
Sand zwischen unsern rauhen
Schenkeln und der Wahrheit in den
Köpfen - und wann kommt der
Moment, wenn das Neue die
Schüchternheit bereut?

Gib acht, denn in der Nacht
kann Dreck zu Gold sich wandeln,
und es ist dein Handeln, das bestimmt.

Bestimmt weisst du, wohin die Augen
wandern, auch wenn dein Blick
zuweilens abwesend, ohnmächtig
sogar, konfrontiert mit den
Konsequenzen einer Lust voll
Morgen (und manchmal etwas
mehr) nicht mehr pariert. Ich
liefere mich ohne Zweifel in
die Hände einer Göttin, welche
die Fäden des Schicksals nervös
in volle Kaffeetassen wirft und & scher
mich nicht, wohin ich falle -
und weisst du denn wohin
weisst du denn, wer ich bin?

Gib acht

Liebe macht hell
und goldne Geraden scheinen
nur oft allzu fleckig,
wenn du den Moment
nicht dirigierst,

und bevor du dich versiehst
liegst du da, ohne Körper
dich zuzudecken
                    und frierst

Liebe verirrt sich leicht
in der Einsamkeit eines kalten
Wintermorgens, wenn
die Zeit knapp und die
Wünsche des Herzens gross.

Da liegt ein Weg offen,
Gras lange schon zertrampelt
von deinen Stiefeln; dort fühlt
sich dein Zigeunerblut
zuhause (weil allein),

wenn sich die Dornen in
deinen Sohlen brennen. Und doch,
manchmal hast du das Bluten
satt, und dann streunst du
abseits im Gras, um vielleicht

aus Zufall auf einer Mine
ein Ziel zu finden, oder dich
zärtlich geschickt zum Horizont
zu tänzeln, wo du auf dem Altar
des Himmes beten wirst

     - und vergib mir meine Liebe,
       wie auch ich vergebe meinen Liebenden

Eigentlich hatte all das
ganz harmlos begonnen:

"Diesmal nicht," hattest
du dir gesagt, all deine
guten Vorsätze in die alte
Fussballtasche deines Vaters
gepackt, um sie in meinem
weiten Bett so nackt dann
vor mir auszubreiten.

"Keine unnötigen Sentimentalitäten
sollen diesmal eine Freundschaft,
älter als die Nacht, gefährden."

So, hattest du gedacht,
und mit viel Reden müsste
sich die Sache doch ganz
leicht begraben lassen, doch
als ein Finger nur die
Distanz bezwungen und sich
auf die noch weiche Schulter
deiner Leiche legte, warst
auch du noch nicht bereit
zum Sterben (und wenn,
dann nur im Kleinen).
Ich legte dir den Mund
zum Küssen hin, nur um
zu sehen, ob du stark,
und du konntest deine
Backen dann doch
nicht davon lassen.

Nun sag mir, Schüchternheit,
die sich im dreieckigen
Körper einer Göttin neu
geboren, sag nur eins:
Ich will nicht wissen, was
nun folgt, denn Überraschung
hält die Liebe warm;
Ich will nicht fragen, ob
du immer bei mir bleibst,
denn Lüge ist der Liebe
frühster Tod;
Sag mir nur, ob du noch
böse, dass ich dich und
dein Versprechen auch
ein weitres Mal verführt

oder ob du mir verziehen,
dass ganz harmlos ich
in Absicht & Beginn
die Chance einem weitren
UNS verschenkte
(und sag's mir bitte, ehe du
ein weit'res Mal dich zierst)

Und wie so häufig steh' ich neben
mir und schau mir zu beim Torkeln,
sobald die Lippen, die mich einst
geküsst, mich in der Einsamkeit
besuchen. - Was suchst du hier?
Was willst du noch von mir? War
nicht das Leben so viel leichter zu
versteh'n, als wir alleine? - Verdammt,
wir reden. Das haben wir seit damals nicht getan, damals (ich seh'
das Bild vor mir, den kahlen Tisch,
das Bier, holunderrot, den halb
gefüllten Aschenbecher, das kalte
Grau in deinen Augen; weisst du
noch?) als der Traum der Unschuld
sich zerbrach unter der späten Gier
des Winters. Der Raum verschwimmt,
die Menschen tanzen sich zu Brei. Wir
sind noch da und blicken, schweigen,
stecken uns nervös noch eine letzte
Zigarette an vor dem Nachhausegehn,
allein

Ich weiss, was du willst
Ich will das Gleiche
und du weisst das
doch du willst es mir
nicht geben bevor ich
es nicht mehr will

doch genau das will ich

e. schwarzenbach

oder der verlorene glaube

Nicht der Scheiss-Krug,
sondern die
Frau
geht zum Brunnen
bis es
bricht

Ich stamme aus einem Land
von Milchprodukten, Rindergraben und
Röstiwahn, von Fast-Food-Fondue
und Osterhasenhaut.

7 Millionen Nestbeschmutzer, Schweiger,
Heroinhändler, Geldwäscher,
Xenophobe, Zahngoldräuber, Hanfraucher,
alkoholisierte Autofahrer, 3. Weltausbeuter,
und all das auf der Fläche
eines kleinen Nationalparks.

Irgendwann schlägt man
einen Zaun um uns
& zeigt uns den Kindern der Welt
als abschreckendes Beispiel
für Tradition bis zum letzten Mann.

Willkommen zu Europas
dunklem Schöhnheitsfleck,
Willkommen im Schweizoo.

Stimmlos kieseln die regenschweren
Flocken hinter meinem Schlafzimmer-
fenster herab. Eigentlich sollte
jetzt doch Frühling sein; Händchen-
Halter in Pärken, Hundescheisse
stinkend auf den Trottoirs, Kiffer
sonnen sich die Bäuche (aber
nur mit T-shirt) auf dem Dom &
so. Stattdessen schneit's, der
Himmel gibt sich grau, auf glatten
Trottoirs löst sich das Problem
der Überalterung. Die Stadt macht
zu, ein jeder sperrt sich rundherum
in seine Hölle ein. Kein Wunder
sterben sich uns die Teenager davon.

Danke auch Frau Holle, du alte
Misanthropenschachtel

der du dich auf den Himmel gesetzt hast
& erwartest, dass wir deinen Namen heiligen,
dein Reich soll bloss kommen,
denn dein Wille ist bereits geschehen
& hat sowohl im Himmel
als auch auf Erden alles plattgewalzt,
& nur, weil du uns unser tägliches Brot gegeben hast,
heisst das nicht, dass wir dir deine Schuld vergeben,
denn du hast uns zur Schuld erschaffen & dann verlassen,
& wir haben uns auf der Suche nach dir
in die Versuchung geführt,
& die einzige Erlösung war das Böse,
& dein sind nur noch die Mauern & die Reue & der Hass,
& wir hoffen, dass es ewig dauern wird,

Amen.

Es geht schneller als man
denkt:
Ein Knall,
ich falle,
      der T u n n e l
      (das Licht ist so
schön,   so
warm,
      darf ich jetzt im   Licht sein?),
ich pralle gegen die
        Ewigkeit.

Da ist alles wieder,
diefotzenundschüs
seundfeuerundkreuzeunddrogenundschre
ieundlügenundvenenundfäusteund
fetzenundhirnunddaskehligegeräusch
desnahendenTODESundallesstürztaufmicheinsoschw
ersowahnsinnig (kannichmichinmirbehaltenoderistwider-
standwir
klichzwecklos)und es
SCHMERZT,
als mich die Erinnerungen
durchlöchern,
bald bin ich weniger als
Luft,

ich atme ein, ich spucke
mich aus (Was ist das für
ein abgestandener
Geschmack im
Mund?), da ist ein Stich
in meiner Lunge...S...S...

Jetzt ist es vorbei,
und ich treibe im Nichts
und ich weiss jetzt,

Gott hat euch alle angelogen.

ist tot.
Zerstückelt liegt sie
zwischen geköpften Salzstreuern
& überfüllten Aschenbechern,
mit borstigen Pinseln
auf den Sitz einer türkischen
Toilette gestrichen oder
an die Wände einer verrottenden
Holzbaracke, achtlos in
ein Stück Zigarettenpapier
gestopft & verkohlt;

Zähflüssig tropft sie aus
den abgehackten Händen eines
heimatlosen Bettlers - &
niemand sieht sie in den
Flecken, bevor sie weggewischt -
bis das Nichts über-Hand
nimmt.

Wahrheit ist tot,
Dichter trauern hinter
grünen Spiegelgläsern
& da ist nicht einmal
eine Minute Schweigen

ich sitze im dunkel
der funke zuckt
& die flamme springt
mir ins gesicht

ich schicke eine frage
zum himmel
& warte vergeblich
auf das ende der antworten
während ich mein letztes leben verrauche
& lache über meine unfähigkeit
ich lache über mein versagen

ich lache
damit mir nicht der kopf platzt
und die leere stört
die sich in meinem blut breitmacht
ich lache tränen

ein tropfen fällt
auf den abgebrannten stummel
ich verlösche

für ein paar hundert takte
tanzt mein herz ruhe

Morgens steht er pünktlich auf,
Tee & Butterbrot, nur ja
kein Kaffee (wer will schon,
dass das Herz rast) & sicherlich
keine Zigaretten. Tod ist
weit weg & dort soll sie bitte
auch verbleiben (ohne Zweifel)

Im Bus sitzt er gerade, brav &
abgeschlossen auf dem Sitz,
blickt aus dem Fenster, fragt sich dann,
wann die Welt so grau geworden,
blickt auf die Uhr, da ist noch Zeit
zu werfen in den Schlund des neuen
Tages (Zum Glück noch nicht zu spät)

Höchst korrekt verrichtet er
die Arbeit, die ihm aufgetragen,
& Ehrgeiz würd' nie sein Verhältnis
trüben zu den Robotern,
die schneller sind als er (& doch,
die kosten weniger, sagt Chef,
& konversieren gleich banal)

Seine Frau will auch nicht mehr.
Zwei Kinder hat sie schon gemacht,
die auch nicht int'ressanter werden
als der Vater (Gott bewahr uns!),
& für ein drittes sind ihr dann
die Opportunitätskosten
wohl doch zu hoch (Dildo tut's auch)

Abends sitzt er ganz alleine
vor der Glotze, fragt sich nichts,
die Kinder machen Hausaufgaben
bei denen er nicht helfen kann;
die Liebe summt von weitem her,
wo er nichts mehr zu suchen hat
(Um 9 Uhr darf er wieder rein)

& Wenn er eines Tages euch
den Kopf an die Pistole hält,
vergebt ihm seine Sünden wie
auch ihr vergeben sein euch wünscht.
Die Seele hat er längst verloren
& nie mehr ganz zurückgekauft.
Es wundert nicht, wenn er sie sich
zurück & mehr noch holen will
(denn Tod ist weit & dort soll sie
auch bleiben, wenn er will) & Freiheit

Nackte Körper fliehen
vor den Panzerraupen der Demokratie,
Bomben zerfetzen Busse & Familien
im Namen der Unabhängigkeit,
Soldaten bespringen Kinder vor laufender Kamera
zur Feier des glorreichen Siegs.

Ein Foto geht um die Welt,
verändert Erinnerungen,
erregt, beruhigt,

George Eastman verdient,
& niemand sieht
den Schrei auf dem Papier.

Der Kopf dreht sich nach innen
der Druck steigt
die Asche des Hirns formt einen Diamanten
und wächst sich Flügel
trifft auf die harten weissen Grenzen des Schädels
Knochen zersplittern
ein Glitzern tanzt auf der roten Fontäne

und niemand schaut hin.

Ich warte auf den Tag,
an dem wir die Gewalt erschlagen,
wenn Panzer winseln
U-Boote in Tränen ausbrechen
& Atomraketen ihre Sünden beichten.

Ich warte auf den Tag,
an dem wir den Hass zertreten,
wenn Skinheads barfuss gehen,
Islamisten Blumen statt Bomben pflanzen
& Dirty Harry sein Haus den Obdachlosen schenkt.

Ich warte auf den Tag,
an dem es keine Fremden mehr gibt,
wenn wir überall zu Hause sind
& nirgends mehr schweigen müssen,
& auf dem Pentagon eine Taube nistet.

Vor zwanzigtausend Jahren
stand auf Uluru
ein Anangu
& blickte auf das Land
& das Land war gut,
denn da war Wasser
& Tier

Heute
steht auf Uluru
ein amerikanischer Tourist
& blickt auf das Land
& er findet das Land zum
Kotzen,
denn da ist Hitze
& Fliege

In zwanzigtausend Jahren
wird auf Uluru
jemand stehen
& er wird auf das Land
blicken
& es wird gut sein,
denn da werden keine
Amerikaner mehr sein
& keine Dummheit

Die bunten Bilder flackern vor meinen Augen;
das Ding bohrt sich in meine Kehle;
besser, ich schalte das Hirn aus,
sonst beginne ich noch zu würgen.

Da bleibt nichts in meinem Kopf;
Rein-Raus, immer das gleiche Spiel;
besser, ich denke nicht darüber nach,
vielleicht ist es bald vorbei.

Wir saugen am Schwanz der Wahrheit
& warten, dass uns CNN
ein wenig Gewissheit ins Gehirn spritzt,
doch er kommt nicht.

Die Wahrheit lässt die Hüllen
fallen, Lüge um Lüge streift sie sich
von der Haut & wirft sie
achtlos zu Boden. Der Mensch
sabbert & greift nach den
Antworten, doch eine gute
Hure lässt sich nicht umsonst
betatschen. Jetzt steht
sie da, nackt tänzelt sie vor unseren
Gesichtern umher &
kotzt uns ihr Wissen auf den
Anzug. Wir starren
hirnlos auf die toten
Masken, während der letzte Gott
die Beine spreizt.

Kaum zu glauben, wie dich
der Klang der Zivilisation
anwidern kann. Eigentlich
liebst du ja die Menschen,
tätowierst du dir in die
Vorhaut, damit du es
niemals mehr vergisst, doch
irgendwo zwischen kackbraunen
Bauernmentalitäten, Wahrnehmungs-
öffnungen von der Grösse eines Vier-
kantschlüssels & dem Lärm
des nur zu selten herausgebrüllten
Verdrängten (man möchte meinen,
der Schweizer sei ein fetter
Öltanker) schlüpft es sich dann
doch wieder davon.
Du sitzt & wartest auf den Schrei:
Nicht, dass es gross was ändern
könnte, nicht, dass du wirklich glaubst,
dass die Welt auf dich hören sollte,
Nicht, dass es überhaupt einen
Unterschied macht, denn tot ist
tot & leben nur geleast,
aber trotzdem (& wenn's nur
ist, damit du & du allein
dich besser fühlst).

Du wichst deine Wut hoch
& höher, zählst jedes kleinste
Detail, wie wenn's die Millimeter
einer Zündschnur wären (& schau
dir den an, der!), kauerst dich kurz
zusammengesetzt zum Sprung &
dann
   & dann
        &
dann

man sagt, Tantra sei die Kunst,
sich selbst zu lieben. Pech
gehabt.

wenn ihr Kinder
in diese Welt
setzen wollt!
Eines Tages
werden sie euch
hassen.

„Weshalb habt ihr nicht
Erdöl gespart?"
„Wieso habt ihr nicht
nach neuen Technologien geforscht?"
„Warum habt ihr
das Meer getötet?"
„Mit welchem Recht
machtet ihr euch zu den
Herren der Welt?"

Sie werden fragen
& wir werden keine Antwort haben
& sie werden über uns richten.

Dies ist unser Vermächtnis.

„Was nun?", sprach der Reife,
„Was fange ich nun mit diesem Leben an,
das ihr mir so sauber eingefädelt habt?"

„Du brauchst nur vorwärts zu gehen",
antwortete das Leben.
„Den Rest übernehme ich schon."

Wütend stampfte er mit dem Fuss auf.
„Ihr habt mir nie erzählt,
dass da noch so viel dazu gehört!"

Wenn du die Macht hättest, wenn also du dein
Leben & die Welt dir machen könntest, wie du
willst, wenn du dich dann im Kreis drehtest, bis du
an jeder Kreuzung einen Kreisel sähest, & dir den
Kopf kratzen, bis dir die Fetzen eines Traums unter
den Fingernägeln steckten, wenn dir dann endlich
ein Wort eingefallen wäre, aus dem sich das
Gedicht der Zukunft saugen liesse, wenn du dann
feurig durch dein Arbeitszimmer stürmtest, die Idee
zur Wirklichkeit in schwarzem Blut zu zwingen,
in wachsender Verzweiflung auf der Suche nach
Stift & Papier, Telefon oder Heimcomputer umher-
irrtest & sich dann doch nichts fände, wenn du
dann gegen die Türe deines Nachbarn hämmertest,
Einlass fordernd, auf dass er diese schwere Last
mittrage & er dann doch nicht öffnete, wenn du
dann auf die Strasse ranntest & dir den erstbesten
Passanten am Kragen packtest, er müsse dir helfen,
dieser sich jedoch nur deinen Staub vom Anzug
klopfte & erwiderte, es sei jetzt siebzehn Uhr
acht&zwanzig & Geld hätte er keines, wenn du dann
vor Überraschung über seinen Mangel an Respekt
und Sinn für das, was gut und richtig, die Idee
vergessen hättest, so müsstest du ihm an die Kehle
springen oder auseinanderbrechen.

Ein solcher Zustand findet sich häufig an den
Kassen lokaler Lebensmittelmogule oder in den
grauen Hallen sterbender Universitäten.

Steh auf
& streck
dein Rückgrat
(Ja, du hast
noch eines,
auch wenn
dir das
nie jemand
beigebracht hat).

Bleib nicht liegen
&
tu was dein Wille ist
(denn Liebe ist Gesetz,
Liebe unter Willen).

Steh auf
& sei
zum ersten Mal
du selber,
sei

Held

Ich glaube nicht, dass du dich ändern kannst.
Ich weiss, der Mensch ist netter, wenn er schweigt,
doch jeder steht auf Füsse, wenn er tanzt.

Du lachst über den Förster, wenn er pflanzt,
jetzt, wenn die Welt sich ihrem Ende neigt.
Ich glaube nicht, dass du dich ändern kannst.

Du rümpfst die Nase nach dem Fuss, der ranzt,
auch wenn er sich im schönsten Schritte reigt.
Ein jeder steht auf Füsse, wenn er tanzt.

In jede Öffnung hängst du deinen Schwanz
& kümmerst dich nicht um den Kopf am Leib.
Ich glaube nicht, dass du dich ändern kannst.

Du kreuzigst jeden Jesus, jeden Hans,
bloss weil er deine Dummheit aufgezeigt.
Jetzt schmerzen deine Füsse, wenn er tanzt.

Du glaubst, du seist das beste Bild des Manns,
doch bist du gleich wie ich, auch nur aus Teig.
Ich glaube nicht, dass du dich ändern kannst,
drum acht auf deine Füsse, wenn ich tanz.

komm hER oh du machST
mich so heiss jA mach
weiter da UnteN Leck
mICH gott ich Will dIch
stEck ihn rein warte
Vorher mmmmm Ist Es
gut lILlI du Spritzt noch
nicht odEr komm schon
ich will seX ah das Ist gut
Nicht so hart Uuuh maNn

SchnElleR du machst mich
so gEil Komm schon hÖr
nicht auf ach du bist ein
bisschen Pervers spuck
drauF vErdammt der
Passt kaum rein uh uh uh
uh ah ah ah aaaAah
war daS gut
sssSsssTsschhh

Der Kellner geht. Es klopft sein Absatz
an die Tür zur Hölle, für mich um Einlass
zu ersuchen. Das Bier flackert im Schein
der nicht angezündeten Zigarette & nur
das Verlangen weiss, wie die Welt wirklich
heisst. Hinten stolpert die Einsamkeit auf
die Bühne & lässt sich vollraufen, während
Wände Lichtsekunden reisen & sich im Schlamm
des Alters wälzen. Die Tore öffnen sich,
Charon bringt ein Schiff Besoffener völlig
hinüber. Erstens bringen sie Geld in die
leere Vorkammer & zweitens vertreiben sie
die lästigen Langeweiler & Ausländer. Kein
echter Bünzli lässt sich beim Konsum auf
die Schuhe spucken. Der Kopf dreht sich ab,
gescheut, & gebärt eine Ansatzglatze. Nur
wer gehörig motzt, kriegt kein Magengeschwür,
oder? Kein Wunder bei dem Frass. Man stippst
sich die Brille vor's Hirn & lässt die Wut
heraus. Das staut sich ja, mit all den Jahren,
egal wie viele Slalomtore du berührt und/oder
ausgelassen. Das Land ist nun einfach mal zu
klein für dieses Ego. Dann husten wir den Rest
des Stresses in die dafür vorgesehene Papiertüte.
Angeblich kann man jetzt in Japan schon daran
den Löffel abgeben. Hauptsache, wir sind keine
Minderheit mehr, aber trotzdem stinkt es noch,
wenn wir dann anärexisch kotzen.

Stolz gehst du durch die Welt,
an deinem Seidenfaden aufgehängt,
der bis zum Himmel reichen sollte,
doch die Nachwelt wird sich einig sein:
Das war doch alles ein wenig schal,
ein wenig zu praxisnah
wie Bier, das zu lange herumgestanden
ohne die Hefezehen zu strecken.

Dabei wäre es so einfach gewesen:
Da war ein königsblauer Sonnenuntergang,
der sich wie ein abgestreifter
Prinzessinnenschleier über deine straffen
Lider legte, doch du zögertest,
als die Idee zur Pirouette
ansetzte & sich im dir fremden
Tanz verstrickte, liesst sie aus der
Hand gleiten & auf den harten
Arsch der Gewöhnlichkeit fallen.

Jetzt bist du tot im Leben
& brüstest dich damit,
Kinderkrankheiten überwunden
zu haben & zu wissen, wohin
du gehst, dabei hattest du
die Chance, die Hand
auszustrecken nach dem
Alles, lüstern, aber
ehrlich

Das Leben stirbt,
Nichts bleibt ausser
der Veränderung
& jeder Versuch,
unsere Welt zu
verbessern muss
unwiderrufbar &
unvermeidlich in
Zerstörung enden.

Träumt nur weiter
vom Paradies auf Erden,
vom Weltfrieden &
dem Ende des Hungers,
von der Besiedlung
des Alls & der Herrschaft
über die Natur;
von der Verwandlung
des Menschen
in Gott.

Unsere Körper
werden verrotten,
unsere Häuser
werden zerfallen,
unsere Staaten
werden sich zerregieren
& auch unser Planet
wird sterben.

So gibt es wohl auch
ohne Gott noch ein
Gerechtes nach dem
Menschen